Edgar
Wallace

2

Edgar Wallace

löst das Rätsel

John Gilmoor

Das irische Halstuch

kibu

Edgar Wallace löst das Rätsel

Die Bruderschaft der Raben

Der Nebel über der Themse verdichtete sich und erstickte das dumpfe Glucksen und Plätschern des Wassers. Die auflaufende Flut brach sich an den Docks und den algenbesetzten Kaimauern. Schwach drangen ab und zu die Töne der Nebelhörner von Schiffen, die den Strom abwärts fuhren, über die Hafenanlagen, wie die verzweifelten Hilferufe verirrter Tiere.

Die grauen Schwaden wurden immer dichter. London verschwand unter dem feuchten Dunst, in dem man bald kaum noch die Hand vor Augen erkennen konnte. Der Verkehr kam zum Erliegen. Nur hier und da quälten sich einige mutige Autofahrer und Pferdedroschken durch die verlassenen Straßen, deren Verlauf durch das fahle, kraftlose gelbliche Licht der Gaslaternen angezeigt wurde. Ihr Schein drang jedoch immer nur wenige Schritte weit.

Die Umrisse eines Polizeibootes zeigten sich und verschwammen bald wieder. Auch das zuckende blaue Licht ging im Nebel unter. Niemand achtete auf die Gestalten, die sich an den verrotteten Mauern der alten Lagerschuppen hinter der Blackfriars-Brücke entlangtasteten und eine enge Hafengasse hinuntertappten, deren Pflaster zerfahren und von Verwerfungen gezeichnet war.

Die Männer stiegen eine Steintreppe hinunter, bis sie zu einer wuchtigen Tür mit rostigen Eisenbeschlägen gelangten. Spinnweben nisteten in den Winkeln und Ecken, und aus der Kanalisation war das Quieken von Ratten zu hören.

Die Männer streiften sich schwarze Augenmasken über,

bevor sie in einem abgehackten Rhythmus gegen die Tür pochten. Jedesmal dann öffnete sie sich einen Spalt, und der Strahl einer Taschenlampe drang heraus und traf den Wartenden. Die Ankömmlinge öffneten wortlos ihre Jackenkragen, so daß schwarzgrün gemusterte Halstücher sichtbar wurden, in die ein kleiner roter Rabe eingestickt war. Sie wurden eingelassen, gingen am Türwächter vorbei, der eine Kapuze über dem Kopf trug, und durchschritten einen feuchten Gang bis zu einer weiteren Treppe, die in einen alten großen Frachtraum führte, der sich auf gleicher Höhe mit dem Wasserspiegel befinden mußte. Wahrscheinlich gab es sogar einen direkten Zugang zum Strom, denn das monotone Geräusch des auflaufenden Wassers war deutlich zu hören.

Einige Pechfackeln brannten. Schweigsam versammelten sich immer mehr Gestalten, die von draußen hereintraten. Alle waren maskiert, und alle trugen ihre Halstücher sichtbar. Sie warteten und blickten mit wachsender Spannung auf eine Galerie, die sich mannshoch über dem glitschigen Boden des Gewölbes befand. Wohin sie führte, war nicht zu sehen, da ein schwarzer Vorhang sie einhüllte. Als der Vorhang sich bewegte, verstummte auch das Scharren der Füße und das Hüsteln und laute Atmen der Maskierten.

„Sind alle da?“ Die Stimme, die hinter dem Vorhang zu hören war, ließ die Männer erschauern. So war es jedesmal. Sie konnten sich an diesen blechernen, scharfen, kalten Klang, der nichts Menschliches hatte, nicht gewöhnen.

„Alle sind da“, erwiderte der Türsteher. Er war lautlos hereingekommen und stand dicht vor der Galerie. „Die

Bruderschaft der Raben ist vollzählig versammelt – abgesehen von den Mitgliedern, die sich rechtzeitig wegen dringender Verpflichtungen für die Bruderschaft haben entschuldigen lassen."

„Wir stehen vor entscheidenden Ereignissen", sprach die metallische Stimme hinter dem Vorhang weiter. „Unser Kampf ist nicht vergeblich. Wir haben erste Erfolge zu verzeichnen und können uns auf große Taten vorbereiten."

Viele der Maskierten starrten den Vorhang an, als könnten sie ihn mit ihren Blicken durchdringen. Fast alle hatten sich schon gefragt, wem diese rätselhafte Stimme gehörte, wer der „Rabe" war, der die geheime Bruderschaft führte. Doch niemand stellte die Frage laut, und wer jemals versucht hatte, das Geheimnis zu lüften, war schwer bestraft worden.

„Die Unterdrückung unserer irischen Landsleute durch die britische Regierung hat weitere Ausmaße angenommen. Aber der Kampf gegen die Tyrannei und für die Freiheit von Irland hat nicht nachgelassen und steht vor einem großen Sieg. Es ist unseren Kameraden, die auf unserer Heimatinsel kämpfen und in den Gefängnissen schmachten, gelungen, die britische Armee entscheidend zu schwächen. Unsere Brüder, die in der irischen Polizei tätig sind, haben uns wissen lassen, daß viele der englischen Tyrannen, die die Verwaltung von Irland an sich gerissen haben, um ihren Kopf fürchten und nicht auf ihren Posten bleiben wollen. Jede Nacht explodieren Bomben vor den öffentlichen Gebäuden, in denen die englischen Tyrannen residieren. Unsere Aufgabe ist es, Geld und Waffen zu beschaffen, damit der Kampf um Irlands Freiheit erfolgreich endet."

Ein beifälliges Gemurmel erhob sich, das durch die scharfe Stimme übertönt wurde: „Unter uns befindet sich heute einer unserer größten Freiheitshelden, Cavin O'Flaherty!"

Das Beifallsgemurmel wurde größer, und manche der Maskierten schauten sich an und versuchten, die Gesichtszüge ihrer Nachbarn zu erkennen.

„Cavin O'Flaherty hat mit der Armee der Standhaften den britischen Unterdrückern zahlreiche Niederlagen zugefügt, bevor sie ihn in den Kerker werfen konnten. Aber seiner Klugheit waren sie nicht gewachsen. Er ist ihnen entkommen und lebt seitdem unerkannt in London, obwohl die englischen Behörden ihn fanatisch suchen. Er wird mit dem nächsten Transport von Waffen, die unsere Brüder in der Heimat stärken werden, zurück nach Irland gehen und erneut das Kommando über unsere Untergrundarmee übernehmen. Man braucht ihn, jetzt, da die entscheidenden Kämpfe bevorstehen. Und er braucht die besondere Unterstützung durch uns, die wir im Land unserer Feinde in Sicherheit leben – weil uns niemand kennt. Wenn Cavin O'Flaherty mit der Armee der Standhaften gegen die Briten siegen soll, braucht er weitere Waffen und weiteres Geld. Durch seinen großen Mut, der ihn vorwärts schreiten läßt, sind wir aufgerufen, ebenfalls Opfer zu bringen. Er riskiert sein Leben für unsere Sache. Es werden daher in den nächsten Tagen an einige von euch geheime Nachrichten abgehen, die euch um Hilfe ersuchen. Wir werden uns von den Briten das Geld holen, das wir für unseren Kampf brauchen. Niemand darf sich verweigern. Wir brauchen von euch allen

Nachrichten über die Pläne der Engländer. Wer von euch in einer Behörde arbeitet, ist verpflichtet, uns über alles zu unterrichten, was er über die Pläne der Briten in Irland hört. Diese Nachrichten sind in letzter Zeit spärlich geworden. Ich muß euch an eure nationale Pflicht erinnern. Feigheit wird bestraft! Wir wollen alle Cavin O'Flaherty Glück wünschen!"

Beifall erhob sich und füllte dröhnend die alten Gewölbe.

„Freiheit für Irland!" rief die kalte, blecherne Stimme. „Weg mit dem Joch der englischen Tyrannei!"

„Freiheit für Irland!" riefen die Maskierten.

Der Vorhang bewegte sich. Dann war das dumpfe Klappen einer Falltür zu hören. Der Türsteher breitete die Arme aus und rief: „Der Rabe ist gegangen! Die Bruderschaft der Raben schwört sich gegenseitig Treue bis in den Tod!"

„Wir schwören es!"

Die Maskierten drängten sich zum Ausgang. Sie verließen den alten Frachtkeller einzeln. Der Türsteher achtete darauf, daß niemand einen anderen zu Gesicht bekam. Die Männer traten ins Freie, nahmen die Masken ab, knöpften die Jacken zu, um die Halstücher verschwinden zu lassen, und stapften die steile Treppe hoch. Eilig entfernten sie sich durch die enge Gasse. Das Klappen ihrer Schritte verhallte, und der Nebel hüllte sie ein. Niemand hatte auf sie geachtet, als sie gekommen waren – niemand achtete auf sie, als sie gingen und den Hafen von London hinter sich ließen.

Kampf auf der Themse

Inspektor Ebenezer Pommery stand am Bug der Polizeibarkasse und starrte angestrengt in den Nebel. Er hielt seit Tagen an, begann sich aber in dieser Nacht ein wenig zu lichten. Der Wetterbericht hatte für die folgenden Tage Sonne vorausgesagt. Doch das half Pommery im Augenblick wenig.

Ein großer Schlepper dampfte vorbei, seine Positionslampen glühten wie Tigeraugen. Seine Umrisse zeigten sich mächtig und bedrohlich im Dunst. In seinem Gefolge tukkerten mehrere kleine Fischkutter die Themse aufwärts und steuerten den Hafen an.

Pommery hatte den Kragen seines Trenchcoats hochgeschlagen und die Hände tief in die Taschen geschoben. Seine kleine, rundliche Gestalt verschmolz geradezu mit der Barkasse, deren Lichter verhängt waren.

Ein Mann verließ das Ruderhaus und balancierte an der Reling vorbei nach vorn. „Inspektor, ein Funkspruch! Ihre Vermutung war richtig. Eines unserer Motorboote hat ihn gesichtet: Ein Leichter, zwei Meilen voraus."

„Volldampf voraus, Captain!" Pommery hielt sich an der Reling fest. Der ruhig wummernde Motor der Barkasse dröhnte kraftvoll auf. Ein Ruck lief durch das Schiff. Es pflügte eine mächtige Bugwelle vor sich her, als es in hohem Tempo die Themse hinunterjagte. Pommery stemmte sich gegen den Fahrtwind. Schäumende Gischt spritzte ihm ins Gesicht, nach wenigen Minuten war er von Kopf bis Fuß durchnäßt.

„Vor uns sind sie!“ schrie der Kapitän. Im nächsten Moment ging der Suchscheinwerfer auf dem Dach der Steuerkabine an. Der kräftige Lichtstrahl durchdrang den Nebel, ließ das Wasser tintenschwarz glänzen und erfaßte nach kurzer Zeit einen Leichter, der ebenfalls in hoher Geschwindigkeit den Strom hinabfuhr. Sirenengeheul erklang. Aus einigen Seitendocks tauchten jetzt kleine Motorboote und Kähne auf, auf denen Signallichter zuckten.

Pommery ergriff das Megaphon, das der Kapitän ihm brachte. Er schrie hinein: „Achtung! Achtung! Hier spricht Scotland Yard! Der Kapitän des Leichters wird aufgefordert, sofort anzuhalten und beizudrehen, damit die Hafenpolizei an Bord gehen kann!“

Sie passierten die Lichter von Gravesend. Der Strom verbreiterte sich zum offenen Meer hin. Nur noch wenige Meilen, dann war die Nordsee erreicht. Der Leichter fuhr weiter. Die kleineren Polizeiboote blieben mit ihm auf gleicher Höhe, die Barkassen schafften es nicht, aufzuholen.

„Er muß eine stärkere Maschine eingebaut haben!“ rief der Kapitän gegen das Dröhnen der Motoren an. „Ein Beweis dafür, daß es der Richtige ist.“

„Können Sie nicht noch ein bißchen aufdrehen?“

„Unmöglich, dann fliegt uns die Maschine um die Ohren!“

Der Steuermann lenkte die Barkasse jetzt hart Backbord. Inspektor Pommery taumelte gegen die Reling und klammerte sich fest. Der Suchscheinwerfer auf dem Dach erfaßte den Leichter voll. Auf Deck war kein Mensch zu erkennen. Die Gestalten im Ruderhaus wirkten wie Phantome hinter den Glasscheiben. Einige der kleineren und behenderen Polizeimotorboote versuchten, den Leichter in die Zange zu nehmen und abzudrängen. Sie steuerten riskant in die Nähe des Schiffes. Es war absehbar, daß sie nicht mehr lange Kurs halten konnten; denn je näher sie dem offenen Meer kamen, desto höher wurden die Wellen, desto stärker die Strömung. Bereits jetzt schwappten immer wieder Brecher über die kleinen Boote, tanzten sie scheinbar unkontrolliert auf den Wogen.

„Anhalten!“ schrie Pommery durch das Megaphon. „Hier spricht Scotland Yard! Sie zwingen uns zu schießen!“

Auf einer der längsseits fahrenden Barkassen wurde eine kleine Kanone feuerbereit gemacht. Der starke Wellengang verhinderte aber ein genaues Einrichten des Geschützes.

Die Kanone donnerte. Pommery sah den Feuerstrahl. Das Geschoß tauchte vor dem Bug des Leichters ins Wasser und ließ eine schmutzige Fontäne emporsteigen. Pommery bemerkte jetzt im Strahl des Suchscheinwerfers einen Mann an Deck des Schmugglerschiffes. In diesem Moment krachte der zweite Schuß. Der Leichter zog fast gleichzeitig nach Steuerbord und rammte eines der Polizeiboote. Das Knirschen und Krachen des Holzes, als der Rumpf in Stücke ging, war deutlich zu vernehmen. Pommery lief es kalt den Rücken hinunter.

„Beidrehen!“ brüllte der Kapitän. Der Suchscheinwerfer wurde herumgeschwenkt. Pommery aber sah gerade noch, daß der Mann an Deck des Leichters durch die heftige Bewegung des Schiffes gegen die Reling geschleudert wurde und über Bord stürzte. Dann war er verschwunden, und der

Leichter fuhr weiter, während die Polizeiboote ihr Tempo verringerten, um die gekenterten Polizisten aufzufischen.

Eine halbe Stunde später saß Inspektor Pommery im Büro des stellvertretenden Hafendirektors von London, Benjamin Hart, schlürfte einen süßen Earl-Grey-Tee und zog ab und zu an seiner silbernen Zigarettenspitze.

„Ich habe genau gesehen, wie der Mann über Bord gegangen ist", beharrte er. Der Chef der Hafenpolizei zuckte mit den Schultern: „Meine Leute suchen noch immer, wir werden auch morgen früh weitermachen. Aber wir haben nichts gefunden. Wenn Sie sich nicht getäuscht haben, Inspektor, ist der Mann entweder ertrunken, oder er hat es geschafft, sich an Land zu retten."

„Suchen Sie auf jeden Fall weiter", sagte Pommery. „Nach dem Tip, den ich aus der Unterwelt bekommen habe, sollte zusammen mit einer Waffenladung einer der wichtigsten Führer der Bruderschaft der Raben nach Irland gebracht werden." Er strich sich über den sorgfältig gebürsteten Seehundsschnauzbart. „Schlimm genug, daß uns die Waffenladung entgangen ist. Wenn es nur gelänge, an die Waffenhändler heranzukommen, die diesen Geheimbund mit Nachschub versorgen."

„Sie sind also von der Existenz der Bruderschaft der Raben überzeugt, Sir?" fragte der stellvertretende Hafendirektor. Er war ein hagerer, adlergesichtiger Mann. „Die Presse bezweifelt manchmal, daß es diesen Geheimbund gibt."

„Die Presse braucht jeden Tag neue Schlagzeilen", erwiderte Pommery. „Die Bruderschaft der Raben ist in Irland gegründet worden, als Organisation zum Kampf gegen die britische Verwaltung. Als die irischen Rebellen immer stärker ins Hintertreffen gerieten und einige ihrer Führer gefangen wurden, verlegte die Bruderschaft ihren Sitz nach London. Das war schon deshalb praktisch, weil hier viele Iren arbeiten, die mit der Befreiungsbewegung sympathisieren, und weil viele Führer der irischen Rebellion sich hier verstecken. Außerdem gibt es hier bessere Möglichkeiten, Waffen einzukaufen und Geld für die Rebellen in Irland zu beschaffen."

„Manchmal denke ich, man sollte die Iren in Frieden lassen, wenn sie nichts mit uns Engländern zu tun haben wollen", sagte Hart.

„Darüber haben leider nicht wir zu entscheiden." Pommery erhob sich. Gerade trat ein Hafenpolizist ein. Er meldete: „Alle Mann von Patrol II sind geborgen und leben."

„Wenigstens eine erfreuliche Nachricht." Pommery schlug den Mantelkragen hoch. „Mit den Waffen, die jetzt in Richtung Irland tuckern, wird bald auf englische Soldaten geschossen werden." Er ging ohne Gruß hinaus und bewegte sich müde über die Kais zur Stadt hoch. Er hatte seinen Wagen in der Oxford-Street stehen. Das war ein langer Weg.

Der Wetterbericht hatte nicht gelogen: Die Sonne schien. Im Hafen herrschte hektisches Getriebe. Sirenen heulten, die hohen Kräne ließen metallisches Klappern und Dröhnen hören, in das sich das Rasseln von Ankerketten und das rhythmische Stampfen der Dampfschiffe auf dem Strom mischte. Schlepper zogen ihre Bahnen, und Fischkutter tuckerten stromabwärts. Über allem lag ein schleimiger Hauch von Teer, Ruß und Öl.

Inspektor Pommery hatte wenig geschlafen, als er die „Captains Inn" betrat. Der kleine Pub oberhalb des Hafens hatte gewiß noch nie einen Kapitän als Gast gehabt. Am frühen Vormittag war er so gut wie leer. Lediglich in der Nähe der Tür saßen einige Hafenarbeiter, die eine kurze Pause eingelegt hatten.

Roy Tully, der Wirt, stand in Hemdsärmeln hinter dem Tresen und spülte die Gläser. Er nickte dem Inspektor zu. Pommery bestieg einen Barhocker und bestellte ein Bier.

„Gut, daß der Nebel vorbei ist", sagte Roy Tully. Er wirkte gutmütig, ein wenig schwerfällig und schläfrig. Er stellte das Ale vor Pommery auf die blankpolierte Theke. Aus dem Hintergrund des Schankraumes tauchte Jenny auf, die junge Bedienung Tullys, ein gertenschlankes, großes Mädchen mit weich fallendem dunkelblondem Haar und schmalem Gesicht. Sie trug einen knapp sitzenden grünen Rock und einen ärmellosen roten Pullover. Die sonst übliche weiße Schürze fehlte. Aus ihren großen grünen Katzenaugen schaute sie den Inspektor an und setzte sich neben ihn.

„Sie sehen müde aus, Mr. Pommery."

„Ich bin müde", antwortete er. „Erstaunlich, daß du nie müde bist, obwohl du bis in die Nacht Biergläser schleppst und dich zwischen brüllenden, grölenden Schauerleuten herumdrücken mußt." Pommery betrachtete Jenny Brown mit väterlicher Milde. Obwohl sie aussah, als sei sie gerade zwanzig, war er sicher, daß sie mindestens fünf Jahre älter war. „Du solltest dir endlich einen anderen Job suchen, Jenny. Diese Hafengegend ist nichts für ein Mädchen wie dich, und wie du angezogen bist . . ." Er runzelte die Stirn.

„Als Waisenkind muß ich froh sein, so gute Pflegeeltern wie Mr. und Mrs. Tully gefunden zu haben", antwortete Jenny mit einem Schmollmund. „Ich bin ihnen dankbar, daß ich hier arbeiten kann. Es macht mir auch gar nichts aus. Hier geht es immer munter zu."

„Dies ist ein anständiges Lokal, Inspektor!" Die scharfe Stimme, die sich in die Unterhaltung einmischte, gehörte einer mittelgroßen breithüftigen Frau mit grauem Gesicht und dunklem, straff zurückgekämmtem Haar. „Jenny lernt hier, daß harte Arbeit nicht schadet, und eines Tages wird sie die ‚Captains Inn' selbst besitzen. Was kann ihr besseres passieren? Außerdem haben wir kein so großes Vermögen, daß wir es uns leisten können, sie woanders arbeiten zu lassen und hier fremdes Personal einzustellen."

„Keiner von den Männern im Hafen wagt es, Jenny auch nur schief anzugucken, Inspektor", bemerkte Roy Tully. „Dem würde ich das Genick brechen, glauben Sie mir."

Pommery schwieg. Er nippte an seinem Ale. Seine wachsamen Blicke wanderten über die wohlgefüllten Flaschenregale hinter der Theke, die etwas abgetakelten Fischernetze an der Decke, in denen grüne Glaskugeln und getrocknete Seesterne hingen, und das bunte Orchestrion, das am Abend nach dem Einwerfen einiger Pennys pausenlos dröhnende Musik ausstrahlte. Die „Captains Inn" war eine Kaschemme mit einer gewissen Gemütlichkeit, wie Seeleute und Hafenarbeiter sie schätzten. Nach Pommerys Beobachtungen florierte sie, weil über allem scharfäugig und scharfzüngig Mrs. Bess Tully wachte.

„Es soll gestern nacht eine Menge auf der Themse losgewesen sein“, sagte sie gerade.

„Wir haben Waffenschmuggler gejagt“, antwortete Pommery. „Die irische Bruderschaft. Ihr habt nicht zufällig von einem Mann gehört, der verletzt an Land gebracht worden ist?“

„Dachte ich es mir doch, daß Sie nicht wegen Jennys schöner Augen hier sind, Inspektor“, erwiderte Bess Tully. „Wir haben nichts gesehen und nichts gehört. Wir sind anständige Leute.“

„Ihr wißt doch, daß ich euch eine Menge Razzien ersparen kann, wenn ihr mir helft?“ Pommery schaute die Wirtsleute bedeutsam an.

„Wenn wir könnten, würden wir Ihnen helfen“, sagte Roy Tully.

„Bei euch verkehren doch viele Hafenarbeiter. Die sehen sicher manches, was nicht ganz sauber ist.“

„Darüber wird hier nicht gesprochen“, beschied Mrs. Tully ihn. „Wer glaubt auch schon an Geheimbünde, Inspektor? Das sind doch Kindereien.“

„Ich wollte, es wäre so, Mrs. Tully.“ Pommery betrachtete die Wirtin unter halbgeschlossenen Lidern. Er wirkte träge und phlegmatisch wie immer, wenn er nachdachte. Mrs. Tully hatte sicher schon bessere Tage gesehen. Die langen Nächte im beißenden Zigarettenqualm und im Alkoholdunst hatten ihr zugesetzt. Sie wirkte verbraucht und älter als sie war, zudem verbittert und kaltherzig. Pommery wandte sich wieder Jenny zu, die einen kleinen runden Spiegel gezückt hatte und sich, auf dem Barhocker sitzend, schminkte.

„Gefällt Ihnen mein neuer Lippenstift?“ Sie funkelte ihn an, dabei schaffte sie es, unschuldig wie ein Kind auszusehen. Pommery fragte sich, ob sie wirklich glücklich hier war.

„Du bist hübsch genug ohne so etwas, Jenny.“ Pommery leerte sein Glas und erhob sich. „Passen Sie weiter gut auf Jenny auf, Roy. Und wenn Sie etwas hören, über einen verletzten Mann oder über Waffenschmuggler, sagen Sie es mir.“ Er legte ein Sixpence-Stück auf die Theke. „Ich schaue wieder mal rein.“

„Sie sind ein so netter Mann, Inspektor“, lächelte Jenny. Pommery lächelte zurück. Er verließ die „Captains Inn“. Er dachte: Jenny hat ein besseres Leben verdient. Aber die Welt war voll von Mädchen wie Jenny. Er bemerkte ein Boot der Hafenpolizei, das an einer Mole in der Nähe anlegte und steuerte darauf zu, um an Bord zu gehen. Während er dann an der Reling lehnte und in die trüben Fluten der Themse starrte, die in das Hafenbecken schwappten, dachte er: Ich muß unbedingt nachlesen, was Edgar Wallace zu so einem Fall geschrieben hat. Pommery war überzeugt, daß sein Lieblingsschriftsteller ähnliche Fälle dargestellt hatte, wie er einen bearbeitete. Kriminalfälle, die Edgar Wallace nicht beschrieben hatte, gab es nicht. Und er fand immer eine Lösung. Pommery hatte sich oft davon anregen lassen.

Eine Bombe und ein Halstuch

Die Bombe explodierte zwischen Westminster Bridge und Parlamentsgebäude. Es war genau zwölf Uhr. Zahllose Pferdedroschken und hupende, knatternde Automobile fluteten in die City. Die Bobbys hatten mit der Regelung des Verkehrs ihre liebe Not, zumal es ein ungewöhnlich heißer Tag war, der alle Gerüchte über das typische Londoner Wetter Lügen strafte.

Big Ben hatte gerade mit dröhnenden Schlägen die Zeit angezeigt. Mit dem letzten Schlag erschütterte eine dumpfe Detonation den hektischen Betrieb auf den Straßen rings um das Parlamentsgebäude und übertönte den Verkehrslärm. Die Bombe war in einem Papierkorb an einem Laternenpfahl versteckt. Es befand sich kein Mensch in unmittelbarer Nähe, so daß es weder Tote noch Verletzte gab. Aber die Wirkung war gleichwohl ungeheuerlich. Ein mächtiger Feuerstrahl schoß aus dem Papierkorb, der fast gleichzeitig in tausend Stücke zersprang und die Laterne entwurzelte. Das Pflaster wurde aufgerissen. Der Rolls Royce eines Lords, Mitglied des Oberhauses, der in einiger Entfernung vorbeirollte, wurde von der Druckwelle umgestürzt. Einige Passanten wurden ebenfalls zu Boden geworfen, ohne zu Schaden zu kommen. Die Fensterscheiben am Parlamentsgebäude zerklirrten. Eine Rauchwolke erhob sich über dem Ort des Geschehens, wo es wenig später von schreienden, durcheinander rufenden, fluchenden Menschen nur so wimmelte. Mit heulenden Sirenen rasten Polizeiwagen heran, denen Dutzende von Bobbys entstiegen, die einen geschlossenen Kreis um den Explosionsort bildeten und die Neugierigen abdrängten. Vorsorglich angeforderte Krankenwagen nahmen einige Passanten auf, die einen Schock erlitten hatten.

Niemand achtete auf die vier Personen, die in Trenchcoats gehüllt in eine Seitengasse hinter dem Parlament einbogen und mit schnellen, entschlossenen Schritten der kleinen aber renommierten Bank „Hunter & Sons Limited" zustrebten. Auch hier war die Explosion vernommen worden. Die Kunden hatten die Bank verlassen, um nachzusehen, was passiert war. Die wenigen Angestellten hätten dies auch gern getan, aber Mr. Hunters sprichwörtliche Strenge erlaubte ein derart extravagantes Verhalten nicht. Selbst bei einem Einsturz der Tower Bridge hätte er auf die strikte Einhaltung der Dienstpflicht gepocht.

Als die vier Personen die Bank betraten, trugen sie karierte Halstücher als Masken vor dem Gesicht. Unter ihren Trenchcoats hatten sie Webley-Armeerevolver hervorgezogen. Sie sprachen nicht viel. Einer sprang über den Schaltertisch, ein anderer preßte Mr. Hunter Senior seinen Revolver in den Nacken.

Der Überfall dauerte keine drei Minuten. Als die vier Maskierten die Bank verließen, lagen die Angestellten zitternd flach auf dem Fußboden. Am Explosionsort herrschte derweil noch immer wildes Gedränge und Geschrei. – Mr. Hunter sprang als erster auf und rannte todesmutig zur Tür. „Polizei!" brüllte er. „Hilfe! Überfall!"

„Bleiben Sie, um Gottes willen, Mr. Hunter!" rief der Chefbuchhalter. „Die schießen Sie über den Haufen!" Aber

Mr. Hunter war nicht zu bremsen. Mit wehender Krawatte sauste er durch die Tür und hörte verklingende Schritte im benachbarten Hofeingang. Die Gasse zum Parlament war menschenleer. Mr. Hunter näherte sich dem Hofeingang und spähte in die Dunkelheit. Er zögerte, faßte sich dann ein Herz und lief hinein. Im Hinterhof blieb er stehen. Hier türmten sich alte Kisten, verrottete Möbelstücke und Gerüstmaterial einer Baufirma, die vorige Woche die Fassade von Mr. Hunters Bank frisch gekalkt hatte. Der Hof war nicht groß und von einer häßlichen, hohen Ziegelmauer umgeben.

Mr. Hunter schwindelte es: Kein Mensch war zu sehen.

„Wie vom Erdboden verschluckt", stammelte Mr. Hunter zum drittenmal. Er war ein älterer, grauhaariger Gentleman, der mit seiner Fassung rang. „Noch nie in meinem Leben ist mir so etwas passiert. Diese Bank besteht seit dem Jahre 1725. Wir haben in diesem Frühjahr unser zweihundertjähriges Jubiläum gefeiert. Niemals ist sie in dieser Zeit überfallen worden."

Inspektor Pommery ging im Schalterraum umher und prägte sich alles ein. Er fragte: „Erst war die Explosion?"

„Ganz genau, Inspektor", versicherte der Chefbuchhalter. „Die Kunden, die kurz vor Mittag hereingekommen waren, rannten sofort hinaus. Wir waren ganz allein. Mrs. Picklton sagte noch, man solle vielleicht aus dem Fenster schauen, aber Mr. Hunter meinte, der Krach habe uns nicht zu interessieren. Solange die Bank noch stehe, werde weitergearbeitet, und dann waren die vier Männer plötzlich da."

„*Drei* Männer“, wandte Mrs. Picklton, die verschrumpelte, spitznasige Kassiererin ein. „Es waren drei Männer und eine Frau, Inspektor. Das habe ich genau gesehen. Sie hatte rotes Haar.“

„Richtig“, stimmte der Buchhalter zu. „Eine Person war eine Frau. Rothaarig. Alle hatten so merkwürdig karierte Halstücher vor dem Gesicht.“

Pommery horchte auf. Er sagte: „Ich sehe mir den Hof an.“ Er ging hinaus. Draußen wartete Sergeant Daven, der versucht hatte, Zeugen aufzutreiben. „Nichts“, sagte er. „Die Straße war wie ausgestorben.“ Pommery antwortete nicht. Er ging zielstrebig in den Hinterhof der Bank und schaute sich um. „Niemand kann sich in Luft auflösen“, sagte er zu sich selbst. Er dachte an einen Edgar-Wallace-Roman, den er am Vorabend gelesen hatte. Angestrengt überlegte er. Eine Idee durchzuckte ihn. Er ging auf die Abfallhaufen zu und wühlte darin. Triumphierend stieß er einen Pfiff aus und rief einen der Bobbys herbei, die vor der Bank Wache hielten.

„Ein Kanaldeckel“, sagte er. Der Beamte nickte ratlos.

„Bitte heben Sie ihn hoch, Officer.“ Der Beamte ging in die Knie und zerrte mit aller Kraft an dem Deckel. Schwitzend wuchtete er ihn zur Seite. Pommery zog eine Taschenlampe aus der Tasche seines Trenchcoats. Er leuchtete in den Schacht, sah die soliden Eisenhaken und stieg kurzerhand in die Röhre, ohne dem staunenden Bobby eine Erklärung zu geben.

Ein fauliger, widerwärtiger Gestank stieg ihm entgegen, während er vorsichtig abwärts kletterte. Der Schacht reichte tief. Die runde Öffnung über Pommery wurde immer kleiner. Er wagte kaum noch zu atmen, die Luft wurde schlechter. Schließlich fühlte er Grund unter den Füßen und sah eine seitliche Öffnung. Er lauschte hinein. Eine handbreite Schicht verdreckten Wassers bedeckte den Boden. Von Dekken und Wänden troff es stinkend. Pommery schauderte, als er das Quieken von Ratten hörte. Dennoch bewegte er sich den Gang entlang. Er mußte sich ducken, um nicht an die Decke zu stoßen, und gelangte kurz darauf zu zahlreichen Abzweigungen der Kanalisation. Einige Gänge lagen tiefer und waren mit einer trüben Jauche gefüllt. Ein Gang war fast trocken. Der Strahl der Taschenlampe streifte die braunen Leiber davonrennender Ratten. Entschlossen ging Pommery weiter. Er hielt sich inzwischen sein Taschentuch vor Mund und Nase und befürchtete, das Ekelgefühl werde ihn dazu bringen, sich übergeben zu müssen. Da stieß er auf ein rostiges Gitter. Der Weg war zu Ende. Das Gitter war durch ein Vorhängeschloß gesichert, das frische Kratzspuren aufwies.

Pommery bückte sich und entdeckte ein feuchtes Stück Tuch am Gitter. Pommerys Herz schlug schnell. Er kehrte zurück. Schnaufend kletterte er die Röhre hoch und blinzelte ins Tageslicht. Sergeant Daven und zwei weitere Bobbys starrten ihm besorgt entgegen. Pommery holte tief Luft und hielt das Tuch in die Höhe, das er gefunden hatte: Ein schwarzgrün gemustertes Halstuch mit einem eingestickten roten Raben. Das erste, was er sagte, war: „Dieser Edgar Wallace ist ein Genie. Es weiß alles und beschreibt alles.“

Er bemerkte den verständnislosen Blick der Beamten und fügte hinzu: „Lesen Sie seinen Roman ‚Der Frosch mit der Maske', und Sie wissen, was ich meine. Der Überfall ist langfristig vorbereitet worden, erstklassige Planung. Die Bombenexplosion hat zwei Dinge erledigt: Erstens hat die Bruderschaft der Raben einen neuen Anschlag auf das Parlament verüben können, gleichzeitig hat der Krach für die nötige Ablenkung gesorgt, so daß die Bruderschaft seelenruhig die Bank ausnehmen konnte."

„Sie glauben also, der Bombenanschlag und der Überfall gehörten zusammen?"

„Natürlich! Oder halten Sie das hier für einen Scheuerlappen?" Pommery fuchtelte böse mit dem Halstuch herum. „Damit ist die Behauptung widerlegt, es gäbe die Bruderschaft der Raben nicht. Ich habe recht gehabt, es gibt sie! Die vier Raben sind mit ihrer Beute durch die Kanalisation geflüchtet. Glänzender Plan! Vermutlich sind sie in einer anderen Gasse durch einen Kanalschacht wieder hochgeklettert und in ein Auto gestiegen. Dieses Tuch haben sie verloren. Damit habe ich die erste greifbare Spur dieser Bande. Wir werden uns beeilen müssen, Daven. Die Strolche haben sich Geld beschafft. Vermutlich kaufen sie bereits wieder Waffen." Pommery stockte. Nachdenklich fuhr er fort: „Der Kanaldeckel war verstellt. Sie müssen einen Kumpan gehabt haben, der nach ihrem Abgang den Fluchtweg unauffällig tarnen konnte. Gibt es keinen Wachmann bei dieser Bank?"

„Er ist vorn", antwortete Sergeant Daven. „Er kam erst nach dem Überfall vorbei." – Er holte den Mann, einen aufgeregten Burschen um die Fünfzig, der nervös mit den Augenlidern zuckte. Er trug eine feldgraue Uniform mit der Aufschrift einer privaten Wachgesellschaft und entschuldigte sich stotternd dafür, daß er seine regelmäßigen Rundgänge nicht anders eingeteilt hatte. „Ich komme einmal pro Stunde hier vorbei", erklärte er. „Jeden Tag wechsle ich die Route, aber einmal in jeder Stunde bin ich hier."

„Haben Sie, nachdem Sie hier eingetroffen waren und Mr. Hunter Sie von dem Überfall informiert hatte, den Hof aufgesucht?" fragte Pommery.

„Natürlich, Sir."

„Haben Sie irgend etwas verändert?"

„Natürlich nicht, Inspektor. Ein paar Straßenjungen haben sich hier herumgetrieben. Ich habe sie weggejagt. Sie wissen schon, Halbwüchsige aus St. Giles." Pommery nickte. Er wußte, daß der Wachmann jenes Elendsviertel im Herzen von London meinte, das bereits im vorigen Jahrhundert als „Heiliges Land" bekannt war und seitdem Kriminellen aller Schattierungen Unterschlupf bot.

Pommery dankte. Er trat auf die Straße hinaus. Sergeant Daven folgte ihm. Er sagte: „Ich habe auch an der Existenz der irischen Bruderschaft gezweifelt. Ich habe geglaubt, hier seien nur ein paar kleine Waffenschieber am Werk. Sie haben eine gute Nase, Inspektor. Und wie Sie den Fluchtweg der Halunken entdeckt haben – durch die Kanalisation . . ."

„Nicht ich allein, Sergeant. Sie sollten wirklich Edgar Wallace lesen. Der Mensch hat alles beschrieben, was es an Verbrechen gibt. Lesen Sie ‚Der Frosch mit der Maske', lesen Sie ‚Das Gasthaus an der Themse'." Pommery schlenderte davon. Über die Schulter rief er zurück: „Nehmen Sie die Protokolle auf, Sergeant.“

Das Orchestrion im „Captains Inn“ dröhnte ohrenbetäubend. Rauchschwaden durchzogen den Gastraum des Pub. Die meisten Tische waren besetzt. Es wurde gelärmt und gelacht. Inspektor Pommery ließ seine Blicke über die rauhen Gesichter wandern. Die meisten der Männer waren Hafenarbeiter oder Seeleute, aber er war sicher, daß auch Taschendiebe dabei waren, kleine Strolche, Falschspieler, Einbrecher und Trickbetrüger, die in den berüchtigten Slums von London wie Seven Dials, Jacob's Island oder Rosemary Lane daheim waren und in den finsteren Hafenecken die Gelegenheit nutzten, betrunkene Matrosen auszuplündern.

Jenny Brown bewegte sich mit katzenhafter Geschmeidigkeit zwischen den Tischen umher, ignorierte die Pöbeleien der Männer, behielt ein immer gleichbleibendes Lächeln und servierte Ale und Whisky und Gin. Als sie den Inspektor entdeckte, trat sie ihm entgegen.

„Sie kommen oft vorbei“, sagte sie kokett.

„Ein Mädchen wie Sie gehörte in ein Büro, Jenny“, sagte Pommery. „Nicht in so eine Kaschemme mit solchem Gesindel.“

Rohes Gelächter übertönte Jennys Antwort, und irgendwo zerbrach klirrend eine Flasche. Dann war auf einmal Bess Tully da. Sie hatte den Blick einer Schlange: „Was wollen Sie schon wieder, Inspektor? Sehen Sie nicht, daß Jenny zu tun hat? Wir haben Hochbetrieb!“

„Nur eine Frage, Mrs. Tully.“ Pommery drängte sich zur Theke. Er zog das Halstuch mit dem eingestickten Raben aus der Tasche. „Haben Sie bei einem Ihrer Gäste so ein Halstuch schon einmal gesehen?“

Pommery wirkte harmlos und unscheinbar. Damit hatte er schon viele getäuscht. Sein Blick war in diesem Moment durchdringend und scharf. Er meinte zu sehen, daß es in Jennys Gesicht zuckte. Doch das diffuse Licht im Schankraum, das von verschmierten Petroleumlampen ausging, konnte ihn getäuscht haben. Bess Tullys Gesicht blieb maskenhaft. „Glauben Sie, wir haben nichts Besseres zu tun, als uns die Halstücher unserer Gäste anzusehen? Hier verkehren Tausende.“

„Übertreiben Sie nicht, Mrs. Tully. Außerdem ist so ein Halstuch doch sehr ungewöhnlich.“

„Finden Sie? Ich finde nichts ungewöhnlich, was Seeleute tragen. Sie sind alle ein bißchen verrückt. Vor vierzehn Tagen hat ein amerikanisches Schiff hier gelegen. Es hieß ‚Der Rabe‘. Vielleicht hat einer der Matrosen das Tuch getragen. Ist das alles, Inspektor?“

„Das ist alles. Oder wissen Sie etwas, Roy?“ Pommery musterte Roy Tully. Der Wirt schwitzte. Er zapfte pausenlos Bier und schenkte geschickt Gin und Rum in dickwandige Gläser. Roy Tully schüttelte den Kopf. Pommery steckte das Halstuch in die Tasche des Trenchcoats und nickte dem Wirtsehepaar zu. Er schob sich durch das Gedränge in der Kneipe zum Ausgang. Jenny folgte ihm. Gerade traten weitere Gäste ein, die Mrs. Tully eilfertig zu einem Tisch bugsierte.

„Ich kann dir vielleicht wirklich eine Stelle in einem Büro besorgen, Jenny?“ Pommery schaute das Mädchen ernst an. Jenny schüttelte den Kopf. „Ich bin den Tullys sehr verpflichtet.“ Sie zuckte mit den Schultern, als Bess Tully nach ihr rief. Pommery trat in den Abend hinaus und sog die kühle Luft tief ein.

Überall glühten die bunten Lichter der Hafenkneipen, überall waren lärmende, johlende Seeleute unterwegs. Still und nachdenklich ging Inspektor Pommery davon.

Begegnungen im Nebel

Der Nebel kam so pünktlich, wie er vorausgesagt worden war. Er senkte sich wie ein aufdringlicher, wohlbekannter, aber sehr anmaßender Gast über die große Stadt und machte sich mit Eifer daran, das Leben in London zu lähmen. Dennoch waren die Theater am Leicester Square geöffnet und verzeichneten sogar starken Besucherandrang.

Inspektor Pommery war durch das zwielichtige Viertel am Haymarket gebummelt und schlenderte jetzt durch die Regent Street. Die Schaufenster der vielen Geschäfte hier waren beleuchtet, so daß die Sicht in diesem Teil der Stadt noch recht gut war. Trotzdem erschrak Pommery, als er eine junge Frau im langen Regenmantel an sich vorüberhuschen sah.

„Jenny?“ Er drehte sich um. Sie blieb stehen. Sie sah aus, als sei sie bei etwas Unanständigem ertappt worden. „Oh, Inspektor“, sagte sie. Sie lächelte unsicher. „Ich – ich mache einen Schaufensterbummel. Mrs. Tully hat mir heute frei gegeben. Ich bin schon so lange nicht mehr in der City gewesen."

„Wir können zusammen gehen", schlug Pommery vor.

„Nein, nein! Ich bin schon spät dran. Ich muß zurück, sonst sorgen die Tullys sich um mich. Sehr freundlich von Ihnen, Inspektor. Ein andermal."

„Haben die Tullys vielleicht inzwischen jemanden mit einem Halstuch gesehen, das wie das Tuch aussieht, das ich gefunden habe?"

„Nein, Inspektor. Ich muß jetzt wirklich weiter." Sie sah traurig aus. Sie winkte unsicher und hastete davon. Nach wenigen Schritten hatte der Nebel sie verschluckt. Pommery schüttelte den Kopf und ging weiter.

Da hörte er schnelle Schritte hinter sich. Im nächsten Moment rempelte ihn jemand hart an, so daß er beinahe zu Boden stürzte. Er taumelte gegen eine Hauswand und stützte sich hier. Aus den Augenwinkeln sah er einen mageren, schlaksigen Jungen von höchstens sechzehn Jahren. Er trug geflickte Kleidung und hatte ein verschlagenes Gesicht. Ohne ein Wort der Entschuldigung rannte er weiter.

„Ein Taschendieb aus St. Giles", durchfuhr es Pommery. Unwillkürlich griff er in seine linke Tasche: Das Halstuch war weg.

„Bleib stehen!" brüllte er. Er begann mit erstaunlicher Behendigkeit zu rennen. „Stehenbleiben, du verdammter Bengel!"

Er sah den Jungen trotz des dichten Nebels und blieb ihm auf den Fersen, obwohl ihm die Beine schwer wurden.

Ein Mann in einer hellen Uniform tauchte auf. Pommery keuchte: „Festhalten! Ein Taschendieb! Festhalten! Ich bin von Scotland Yard!"

Der Uniformierte kam ihm bekannt vor. Der Mann trat dem Jungen in den Weg. Der Junge prallte gegen ihn und riß den Uniformierten zu Boden. Er stürzte ebenfalls, machte sich aber blitzschnell frei. Er bewegte sich behend wie ein Affe, sprang auf und stürmte in einen Hofeingang. Pommery war sofort hinterher und sah noch, wie der Junge über eine Mauer kletterte. Dann war er verschwunden.

Pommery eilte zurück und half dem Uniformierten auf die Beine. Er erkannte ihn sofort: Es war der Wachmann, den er vor der Bank von „Hunter & Sons" verhört hatte.

„Moses Larne", stellte er sich vor. Er ließ sich von Pommery stützen. Er war kreidebleich vor Schreck. Ein Knopf von seiner Uniform war abgerissen.

„Solche Rüpel", schnaufte er. „Rücksichtsloses Gesindel!"

„Haben Sie sich verletzt?"

„Nein, Sir, nein, oh, ich kenne Sie doch! Sie sind Inspektor Pommery!"

„Richtig. Und was tun Sie hier?"

„Ich arbeite, Inspektor. Einmal in der Woche übernehme ich die Abendschicht eines Kollegen für diesen Teil der Regent Street. Das nenne ich aber einen Zufall . . . Hat der Bursche Sie bestohlen, Inspektor?"

„Ja." Pommery hatte Mühe, seine Wut und Enttäuschung zu unterdrücken. Er hatte sein einziges Beweisstück verloren.

„Soll ich den kleinen Strolch suchen, Inspektor?"

„Sinnlos, Mr. Larne. Es ist nicht zu ändern. Guten Abend noch." Pommery ging weiter. Der Nebel wurde noch dichter. Er beeilte sich, denn er hatte keine Lust, irgendwo steckenzubleiben. Ihm war plötzlich so, als würde er beobachtet: In einer Seitengasse bemerkte er die Umrisse einer Gestalt. Aber das konnte nicht sein, denn als er genauer hinschaute, sah er nichts mehr. Trotzdem stiegen Bedenken in ihm auf, während er weiterschritt und in den Leicester Square einbog.

Moses Larne stolperte die enge Gasse hinter der Blackfriars-Brücke hinunter. Mit jedem Schritt wurden seine Füße schwerer, aber er wußte, daß er sich beeilen mußte und daß es kein Zurück gab.

Der Nebel erstickte alle Geräusche, trotzdem war Larne sicher, daß ihm jemand folgte. Er drehte sich immer wieder um, doch er sah nichts. Der graue Dunst war zu dicht. Endlich erreichte er die alte Steintreppe, die er hinunterstieg. Sein Herz schlug heftig, als er vor der Tür mit den rostigen Eisenbeschlägen stehenblieb.

Zögernd hob er die Rechte und pochte in einem bestimmten Rhythmus an die Tür. Die Zeit wurde zur Ewigkeit. Larne wartete. Plötzlich bewegte sich die Tür knarrend, und er wurde von einer Taschenlampe geblendet. Mit zitternden Händen öffnete er seine Uniformjacke – darunter wurde ein schwarzgrün kariertes Halstuch mit einem eingestickten Raben sichtbar.

Er wurde eingelassen. Der vermummte Türsteher geleitete

ihn in die unterirdische Lagerhalle. Jetzt, da Larne sich allein darin befand, erschien sie ihm unendlich groß. Seine Schritte klangen hohl in dem Gewölbe. Der Türsteher streckte fordernd die Rechte aus. Larne zog ein zerknülltes Halstuch aus der Tasche und reichte es der vermummten Gestalt, die sofort damit verschwand. Im nächsten Moment vernahm Larne ein Rascheln über seinem Kopf, und er sah, daß der schwarze Vorhang sich bewegte, hinter dem der Führer der Geheimgesellschaft zu sprechen pflegte.

„Du weißt, warum du hier bist?“ fragte unvermittelt die wohlbekannte, blecherne, kalte Stimme, die keinem lebenden Wesen zu gehören schien. In dem leeren Raum dröhnte sie furchterregend.

„Ich – ich habe das Halstuch gebracht, wie vereinbart“, stotterte er. „Der Junge hat es dem Inspektor abgenommen und es mir zugesteckt. Der Inspektor hat nichts gemerkt. Es hat alles geklappt.“

„Es wäre um ein Haar schiefgegangen“, tadelte die scheppernde Stimme. „Du hast dich sehr tolpatschig benommen. Auch die Tarnung unseres Fluchtweges nach dem Überfall ist dir nicht richtig gelungen, sonst wäre der Inspektor nicht auf den Kanalschacht gestoßen.“

„Ich schwöre, ich habe alles so gemacht, wie es angewiesen war. Ich weiß nicht, warum Pommery den Fluchtweg entdeckt hat, er – er ist sehr klug, er . . .“

„Er ist unser größter Feind!“ unterbrach die Geisterstimme ihn. „Er ist hartnäckig, läßt nie locker und findet immer neue Spuren. Er hätte nie unser Halstuch finden dürfen, den einzigen Beweis für unsere Existenz. Er ist jetzt *zu* gefährlich geworden. Auch an anderen Stellen rückt er uns zu sehr auf den Pelz. Hinzu kommt, daß er unseren großen Freiheitshelden Cavin O'Flaherty beinahe auf dem Gewissen hätte. Es ist seine Schuld, daß O'Flaherty in die Themse gestürzt ist und seitdem verletzt versteckt werden muß, anstatt in Irland unsere Untergrundarmee zu führen."

„Ich hoffe, es geht unserem Bruder Cavin gut", stammelte Larne.

„Er befindet sich auf dem Wege der Besserung. Und noch besser wird es ihm gehen, wenn Pommery das Handwerk gelegt worden ist. Das ist deine Aufgabe!"

„Meine Aufgabe? Ich – ich soll . . .?" Moses Larne erschrak. Er begann zu zittern. „Ich kann doch keinen Inspektor von Scotland Yard – umbringen."

„Du kennst die Regeln unserer Bruderschaft: Einer Anweisung ist unbedingt Gehorsam zu leisten. Du weißt, was auf Verweigerung eines Befehls steht! Jeder von uns ist in dieser schweren Zeit gefordert, persönliche Opfer zu bringen. In Irland kämpfen unsere Brüder gegen die britische Armee. Wir müssen sie stärken. Pommery wird uns zu gefährlich. Du hast achtundvierzig Stunden Zeit, den Befehl zu erfüllen. Pommery muß beseitigt werden! Anderenfalls erhält ein anderer Bruder diesen Auftrag – und du weißt, was aus dir wird."

Moses Larne wagte nicht zu widersprechen. Er wankte zur Tür. Als er auf der nebligen Straße stand, überfiel ihn heftige Furcht. Aber die blecherne Stimme dröhnte ihm in den Ohren, und Moses Larne war lange genug Mitglied des Geheimbundes, um zu wissen, daß er keine Wahl hatte.

Weiß Edgar Wallace Rat?

Nicht einmal ein Erdbeben hätte Inspektor Pommery davon abhalten können, die Teestunde einzuhalten. Vom Big Ben tönten fünf dumpfe Schläge herüber und drangen in sein kleines, mit Akten vollgestopftes Büro im Gebäude von Scotland Yard.

Pommery hatte den Tee nach Vorschrift zubereitet, die bauchige Kanne mit heißem Wasser ausgespült, die nötige Menge Teeblätter hineingefüllt und mit kochendem Wasser aufgebrüht. Der Tee hatte exakt vier Minuten gezogen. Der würzig-herbe, belebende Duft durchzog den Raum, als er den Tee durch ein Sieb in eine dickwandige Tasse füllte, Zucker und einen Schuß Sahne hinzufügte und sich zufrieden zurücklehnte.

Vor ihm auf dem Schreibtisch lagen neben den Protokollen über die Taten der Bruderschaft der Raben auch mehrere dicke, oft gelesene und daher abgegriffene Edgar-Wallace-Bücher. Pommery wußte, daß man wegen seiner Marotte in Scotland Yard über ihn spottete – aber seine Erfolge im Kampf gegen das Verbrechen brachten alle Gegner zum Verstummen. Er hielt Edgar Wallace für einen der größten Kriminalisten seiner Zeit, und seine Kombinationen und Beschreibungen trafen immer ins Schwarze. Pommery hatte sich oft genug davon anregen lassen und war in aussichtslosen Fällen, an denen andere gescheitert waren, mit Wallace-Methoden ans Ziel gelangt.

Es klopfte, als Inspektor Pommery gerade den ersten Schluck Tee schlürfte und sich eines der Bücher herangezogen hatte. Sergeant Daven, sein beflissener, manchmal voreiliger, aber gutwilliger Untergebener trat ein. Er nickte dankbar, als Pommery ihm eine Tasse Tee anbot.

Sergeant Daven reckte den Hals und schielte auf Pommerys Bücher. Er las: „Der Hexer“. Er schaute Pommery über den Rand der Teetasse an. „Glauben Sie wirklich, daß Sie damit weiterkommen, Sir? Ich meine, es kann doch Zufall sein, daß Sie den Fluchtweg der Bankräuber gefunden haben, weil dieser Edgar Wallace etwas Ähnliches beschrieben hat, oder?“

„Kein Zufall“, erwiderte Pommery energisch. „Dieser Wallace versteht es, sich nicht nur in die Rolle von Polizisten zu versetzen, sondern auch in das Denken eines Verbrechers. Genau das fehlt uns, Daven. Wir sind als Polizisten ausgebildet. Wir denken nur wie Polizisten. Wir sind im Grunde brave Beamte, die zwar Verbrechen aufklären sollen, die aber selbst unfähig sind, Verbrechen zu begehen. Man muß jedoch die Phantasie besitzen, auch einmal zu denken wie ein Täter, um ihn zu packen. Wallace kann das. Er beschreibt Gedankengänge von Verbrechern, auf die ich allein nie kommen würde. Und wann immer ich versucht habe, Tätern mit Wallace-Methoden auf die Spur zu kommen, hat es geklappt.

Ich habe zum Beispiel immer an die Existenz des irischen Geheimbundes in London geglaubt – weil ich Wallace gelesen habe. In seinen Büchern ‚Das Gasthaus an der Themse‘ und ‚Der Frosch mit der Maske‘ hat er Geheimorganisationen beschrieben, die gut geplant Verbrechen begehen und zu denen Personen gehören, von denen man nie glauben würde, daß sie kriminell sind. Sie haben ihr Erkennungszeichen, und sie sind überall, hören alles, sehen alles, berichten ihren Anführern, die die Taten planen und die richtigen Leute dafür einsetzen.

In unserem Fall geht es der Bruderschaft der Raben darum, Terroranschläge zu verüben und Geld zu beschaffen, um Waffen für die irische Untergrundarmee zu kaufen."

„Es ist wirklich schade, daß Ihnen das Halstuch gestohlen wurde, Sir", bemerkte Sergeant Daven. „Weiß Ihr Edgar Wallace etwa auch da Rat?"

„Spotten Sie nur, Daven. Sie werden schon sehen, daß ich recht habe, beziehungsweise daß Edgar Wallace recht hat. Das Halstuch war ein ganz entscheidender Beweis, eine Spur, die mich eventuell weitergebracht hätte. Irgend jemand hätte das Tuch kennen können, der angefangen hätte, darüber zu reden. Im ‚Gasthaus an der Themse' werden in alten Lagerhallen . . ." Er unterbrach sich und ließ fast die Teetasse fallen. „Mein Gott, daß ich daran nicht gedacht habe: Die leeren Keller bei den Docks. Gibt es bessere Verstecke? Viele davon sind außerdem mit der Kanalisation verbunden. Die beste Möglichkeit, ungesehen zu kommen und zu gehen und sich zu jedem beliebigen Ort zu bewegen. Viele dieser alten Keller haben direkten Zugang zu unterirdischen Kanälen. Hier können die Waffen für Irland ungestört verladen werden." Pommery schlug mit der Faust auf das erwähnte Buch. „Wallace löst jedes Rätsel!" rief er aus. Er blätterte im ‚Hexer' und fuhr fort: „Ich hätte eher darauf kommen müssen. Genau wie auf das, was im ‚Hexer' steht. Daven, wissen Sie wer das ist, der ‚Hexer'?"

„Keine Ahnung, Sir."

„Ein genialer Verbrecher, Daven. Niemand kennt ihn, denn er versteht es meisterhaft, sich zu tarnen und zu maskieren. Er taucht in den unterschiedlichsten Rollen auf, meist als harmloser Bürger. Dann schlägt er zu und verschwindet, indem er sich eine neue Verkleidung zulegt. Das ist der ‚Hexer'."

„Und was hat das mit unserem Fall zu tun, Sir?"

„Der Führer des Geheimbundes, Daven, kann ein ganz harmlos aussehender Mensch sein, mit dem wir täglich zu tun haben. Er ist keine Spinne, die versteckt in ihrem Netz sitzt. Er ist unter uns – vielleicht hier in Scotland Yard!"

„Meinen Sie das im Ernst, Sir?" Sergeant Daven schluckte.

„Das war nur ein Beispiel." Pommery knurrte unwirsch. „Ich meine, es kann sein, daß wir den Drahtzieher der Bruderschaft der Raben längst kennen. Er tritt in einer völlig unverdächtig scheinenden Rolle auf, in der er uns an der Nase herumführen kann. Das Halstuch hätte mich vielleicht gefährlich in seine Nähe geführt. Deshalb mußte es verschwinden." Er runzelte die Stirn und setzte die Teetasse ab. „Es wundert mich wirklich, daß mir nur das Tuch gestohlen worden ist. Vielleicht war das eine Warnung, nicht weiterzumachen. Vielleicht hat der ‚Rabe' etwas für mich übrig."

„Wie meinen Sie das, Inspektor?" fragte Daven.

„Nun, in ‚Der Frosch mit der Maske' geht es ebenfalls um eine geheime Verbrecherorganisation, und als der ermittelnde Beamte, Dick Gordon, ihr auf die Spur kommt, wird ein Mordanschlag auf ihn verübt."

„Malen Sie den Teufel nicht an die Wand, Sir!"

Inspektor Pommery wirkte leicht melancholisch. Er drückte Daven das Buch ‚Der Frosch mit der Maske' in die Hand und sagte: „Lesen Sie das, Daven. Die ‚Frösche' treten übrigens auch in den raffiniertesten Masken auf – sogar als Polizisten."

Es wird scharf geschossen

Seit dem Morgen fiel leichter Nieselregen. Inspektor Pommery hatte den schmalrandigen Bowler tief in die Stirn gezogen. Sein Trenchcoat troff vor Nässe, als er vom St.-James-Square nach Haymarket einbog. Es war spät abends, und die Straßen und Gassen von London-Westend waren um diese Zeit, zumal angesichts des schlechten Wetters, kaum belebt.

Pommery blieb vor einem Schaufenster stehen und setzte sich, ganz in Gedanken versunken, gerade wieder in Bewegung, als der Schuß fiel!

Es war ein kurzer, trockener Knall. Pommery wußte sofort, daß er von einer Pistole herrührte, und gleichzeitig durchzuckte es ihn, daß er gemeint war. Die Kugel zupfte an seinem linken Ärmel, riß ein Loch hinein und prallte funkensprühend gegen eine Hausmauer. Pommery begann sofort zu laufen. Er sprang nach drei, vier Schritten in einen Hauseingang. Da krachte es bereits zum zweitenmal.

Das Projektil zischte an ihm vorbei. Pommery meinte, den Luftzug zu spüren. Dann vernahm er hastige Schritte.

Er zögerte nicht: Er verließ seine Deckung und stürmte die Straße hinunter. In der rechten Faust hielt er seine Dienstpistole.

Der Regen war etwas stärker geworden. Dennoch hörte er die Schritte noch immer. Er bemerkte ein paar vereinzelte Passanten in der Nähe, die erschrocken stehengeblieben waren. Pommery kümmerte sich nicht darum. Er verharrte an der Einmündung einer engen, düsteren Gasse, lauschte und vernahm hier hohl und klackend das Tappen metallbeschlagener Schuhabsätze auf dem Pflaster. Er sauste hinterher und bemerkte wenig später eine mittelgroße Gestalt, die soeben in einen offenen Kanalschacht steigen wollte.

„Stehenbleiben!" schrie er und hob seine Pistole. Die Gestalt vor ihm richtete sich auf. Der Mann hielt eine kleine Browning-Pistole in der rechten Hand, aber er wagte nicht, sie auf den Inspektor zu richten. Sein Gesicht war bleich und starr vor Schreck.

„Guten Abend, Mr. Larne", sagte Inspektor Pommery. Er zerrte den Wachmann vom Kanalschacht weg. „Gut geplant, aber leider hat es nicht geklappt." Er nahm ihm die Pistole ab. Unter dem offenen Mantel Moses Larnes war die graue Uniform zu sehen. „Wieder einmal auf Schichtwechsel, Larne?" fragte Pommery schneidend. „Oder haben Sie sich verirrt? London ist eine große Stadt, da ist das leicht möglich. Oder bewachen Sie neuerdings die Kanalschächte?"

Er griff energisch zu und riß den Kragen von Moses Larnes Uniformjacke auf. Der verschreckte Mann stieß einen entsetzten Ruf aus und krümmte sich zitternd zusammen. Pommery sah unter der Jacke das karierte Halstuch mit dem eingestickten roten Raben.

Von der St.-James-Street war das Heulen einer Polizeisirene zu vernehmen.

Das Polizeirevier lag unmittelbar neben der Themse. Pommery wollte keine Zeit verlieren und hatte sich deshalb mit Moses Larne hierher, anstatt zu Scotland Yard fahren lassen. Der Stationsleiter hatte ihm sein Büro zur Verfügung gestellt. Vom Fenster aus konnte man auf die Themse schauen, auf der kleinere Kutter und Flußdampfer vorüberzogen.

Larne rutschte auf seinem Stuhl hin und her. Pommery beobachtete ihn schweigsam, während er die silberne Zigarettenspitze in den Mund schob. Larne hatte panische Angst.

„Sie sind als ‚Rabe' entlarvt, Larne", begann Pommery. „Sie wissen, was das für Sie heißt. Geheimbündelei gegen die britische Krone wird hart bestraft. Sie können sich nur retten, wenn Sie aussagen – dann will ich sogar den Mordversuch vergessen."

„Ich weiß nichts", sagte Larne. „Sie können mich ins tiefste Loch stecken, ich werde nichts anderes sagen, weil es die Wahrheit ist. Ja, ich bin ein ‚Rabe', aber ich kenne die anderen nicht, und niemand kennt mich – bis auf unseren Anführer. Der kennt uns alle. Wir sind immer maskiert bei unseren Treffen."

„Wo finden diese Treffen statt?"

Larne schwieg. Pommery fragte: „Wer ist euer Anführer?"

„Den hat noch niemand gesehen.“

„Fangen wir anders an, Larne: Ich komme euch schon auf die Spur. Sie haben den Fluchtweg der Bankräuber, die Ihre Freunde waren, getarnt. Sie haben den Kanaldeckel mit Kisten zugestellt. Was wird mit dem gestohlenen Geld getan? Werden Waffen gekauft?“

Larne schwieg. Pommery fuhr fort: „Ich weiß schon sehr viel über euch. Ich bin sicher, ich werde auch den Mann finden, der beim letzten Waffentransport in die Themse gestürzt ist. Und Sie, Larne, werden im Zuchthaus Dartmoor verschwinden, für den Rest Ihres Lebens.“

Moses Larne lachte freudlos: „Es gibt schlimmere Strafen, Inspektor. Mich können Sie nicht schrecken. Ich fürchte die englischen Behörden nicht. Die Bruderschaft der Raben ist mächtig, das werden Sie noch merken. Mich haben Sie gefangen, aber wieviele noch frei sind, wissen Sie nicht. Einer wird Sie erledigen, Sir, jawohl! Und sei es nur dafür, was Sie mit Cavin O’Flaherty getan haben. Die Strafe der ‚Raben‘ ist härter und sie ist zuverlässiger als alle britischen Gerichte, sie . . .“ Er stockte. Moses Larnes Gesicht war rot angelaufen. In seinen Augen funkelte Haß. Und doch schien ihm bewußt zu sein, daß er in seiner Wut zuviel geredet hatte.

Inspektor Pommery lächelte sein stilles Lächeln. Er sagte: „So, Cavin O’Flaherty ist in London? Interessant. Der meistgesuchte Rebell Irlands. War er etwa der Mann, der neulich nachts über Bord gestürzt ist? Wollte er nach Irland zurück?“

„Ich – ich habe . . . Sie haben mich falsch verstanden, ich habe gar nichts gesagt, ich . . .“

„Verräter sind bei den ‚Raben‘ nicht gut angeschrieben, wie?“ Pommery wandte sich ab. In diesem Moment ertönte von draußen ein schriller Pfiff. Bevor Pommery etwas unternehmen konnte, sprang Moses Larne auf und stürzte sich mit dem Schrei „Freiheit für Irland!“ durch das Fenster. Die Scheiben zersplitterten klirrend, der morsche Rahmen brach. Larne stürzte in einer Wolke von Scherben hinaus. Aus zahlreichen Schnittwunden blutend rannte er zum Ufer hinunter. Pommery brüllte nach den Revierbeamten. Da heulte schon der Motor eines kleinen unbeleuchteten Bootes auf. Als Pommery und die Polizisten ins Freie stürmten, raste es auf der Themse davon und wurde von der Dunkelheit verschluckt.

„Die Bruderschaft sorgt für ihre Leute“, sagte Pommery. Er rannte zu einem der blauen Polizeiwagen und schwang sich hinein.

Das Triebwerk des zweisitzigen Aeroplan knatterte, als würde es jeden Moment auseinanderfliegen. Der Propeller drehte sich geräuschvoll. Der Doppeldecker aus Sperrholz, Drahtverspannungen und Segeltuch rumpelte über das sandige Flugfeld und hob ab. Inspektor Pommery zog sich die Lederkappe fester über die Ohren und rückte die Schutzbrille zurecht. Er fühlte sich in seinen Sitz gepreßt, während die Maschine schnell aufstieg, die grüne Landschaft westlich von London unter sich zurückließ und in weitem Bogen Kurs auf die Themse nahm.

Das flaue Gefühl in seinem Magen wich, obwohl das Getriebe immer wieder spuckte und krachte, an- und abschwoll, für Sekundenbruchteile aussetzte und manchmal gequälte Laute von sich gab. Zugleich wackelte der Aeroplan heftig hin und her. Gelegentlich sackte er ein Stück abwärts und schwankte durch ungünstige Winde, die immer wieder die Oberhand über das Flugzeug zu gewinnen schienen. Pommery konzentrierte sich ganz auf die Landschaft unter dem Doppeldecker. Binnen weniger Minuten befanden sie sich über den Dächern von London. Deutlich war das Parlament von Westminster auszumachen, genauso die Tower-Brücke und Piccadilly Circus. Alles wirkte spielzeughaft klein.

Die Sicht war gut, obwohl der Morgenhimmel grau verhangen war. Es regnete nicht mehr. London erschien Pommery aus der Höhe gesehen wie ein Ameisenhaufen aus Stein und Beton. Die Stadt war in den letzten hundert Jahren enorm gewachsen, und jetzt, im Jahre 1925, hatte sie längst alle kleinen und einst verträumten Vorstädte in sich aufgesogen. London breitete sich immer weiter aus; selbst Marktflecken wie Islington und Camden, in der Mitte des 19. Jahrhunderts zu Stadtteilen geworden, waren inzwischen so verstädtert, daß sie fast schon zur City gehörten.

„Können wir tiefer gehen?" brüllte Pommery gegen den Motorenlärm, als er den Hafen auftauchen sah. Der Pilot reagierte sofort. Der Doppeldecker senkte seine Nase. Pommery sah die Werften, die Docks, die auf Reede liegenden Schiffe, die hin und her schwingenden Kräne, den regen Verkehr auf dem Strom und den Kanalarmen zwischen den Fracht- und Lagerhäusern. Sie flogen weiter nach Süden, in jenen Teil des Hafens, der immer mehr verkümmerte, weil das Bett des Stroms von den Gezeiten versandet worden war und ständige Ausbaggerungsarbeiten zur Aufrechterhaltung des Betriebs erforderlich gewesen wären. Die Schuppen und Lagerhäuser hier verfielen, und Pommery war überrascht, als er auf der Landstraße aus Richtung Basildon zwei Tieflader, deren Ladeflächen mit Planen überzogen waren, zu eben jenem verlassenen Hafenteil rollen sah. Sie verließen die Landstraße, als sie eine Abzweigung erreichten, die direkt zu den verrotteten Kais führte und verschwanden dann aus dem Sichtfeld Pommerys, weil die Lagerhäuser die Fahrzeuge verdeckten.

Pommery beugte sich vor und klopfte dem Pilot auf dem Vordersitz auf die Schulter. Sofort zog der Mann die Maschine herum. Pommery war sicher, sein Magen werde sich umdrehen. Er begann sich erst leichter zu fühlen, als das sandige Flugfeld wieder in Sicht kam.

Umstellt

Pommery lauschte den knappen Durchsagen, die aus dem Lautsprecher des Funkgeräts kamen. Es wurden Code-Worte gebraucht, aber Pommery wußte, was sie zu bedeuten hatten. Als er aus dem Polizeiwagen stieg, bemerkte er Sergeant Daven in der Nähe.

„Alles bereit, Sir“, meldete der Beamte. „Alle Männer sind in Position. Vorn ist alles ruhig. Es wird offenbar gearbeitet.“

Pommery schaute zu dem düsteren Lagerhaus hinüber,

dessen oberster Teil eingestürzt war. Die Fensterscheiben waren längst zerbrochen, durch die leeren Höhlungen pfiff der Wind. Die Nacht war düster und kalt. Ab und zu zogen auf der Themse dickbauchige Schiffe in Richtung Nordsee vorbei. Kaum beachtet, dümpelte in einem der alten Becken seitlich des Stroms ein Leichter.

„Wieviele Personen befinden sich in dem Lagerhaus?"

„Schwer zu sagen. Nach unseren Beobachtungen müssen es mehr als zwanzig sein."

„Vermutlich sollen diesmal nicht nur Waffen nach Irland geschmuggelt werden, sondern auch ein paar frische Kämpfer für die Untergrundarmee. Wir sind genau im richtigen Moment eingetroffen. Wir werden den ‚Raben' heute nacht die Flügel stutzen."

Pommery ließ sich eine Flüstertüte reichen. Wenig später dröhnte seine Stimme durch die Nacht: „Achtung! Achtung! Hier spricht die Polizei! Alle Personen im alten Stanford-Lagerhaus werden aufgefordert, sich zu ergeben und mit erhobenen Händen herauszukommen. Widerstand ist zwecklos! Das Gelände ist umstellt! Ihr habt genau eine Minute, dann stürmen wir!"

Er setzte die Flüstertüte ab und zückte seine Dienstpistole. Sergeant Daven hatte seine Taschenuhr in der Hand. Alles blieb still. Der Sekundenzeiger kroch unerbittlich weiter. „Los!" rief Pommery. Der Ruf wurde von einem Polizisten in der Nähe aufgenommen und weitergegeben. Die Postenkette, die sich um das verfallene Lagerhaus gebildet hatte, setzte sich in Bewegung und stürmte über die alten Kaianlagen auf das Gebäude zu. Überall flammten große

Suchscheinwerfer auf, die ihre Lichtbündel gegen die brüchige Fassade warfen.

Die Polizisten bewegten sich wie zum Leben erwachte Schattenrisse. Sie drangen von zwei Seiten in das Lagerhaus ein. Ihre Schritte und Stimmen klangen hohl in den leeren Hallen. Über rostige Eisentreppen rannten sie in die Kellergewölbe, die auf gleicher Höhe mit dem Wasserspiegel des Stroms lagen. Taschenlampen blinkten. Mehrere Schüsse krachten, Schreie waren zu hören, heftiges Fußgetrappel.

Pommery sah maskierte Männer mit karierten Halstüchern hin und her rennen und Deckung suchen. Einige warfen ihre Waffen weg und ergaben sich sofort. Auch die anderen ließen sich nach kurzem Widerstand festnehmen.

Pommery bemerkte eine schlanke, geschmeidige Gestalt, die sich mit einem Hechtsprung in einen Schacht warf. Er sprang über mehrere Holzkisten hinweg und folgte. Aber als er den Schacht erreichte, sah er eine Treppe, die direkt zu einem unterirdischen Kanal führte, und dort hatte ein Motorboot gelegen, das mit aufheulender Maschine davonjagte. Pommery wandte sich um.

Sergeant Daven rief: „Wir haben sie alle."

„Nicht alle", murmelte Pommery. Er schritt energisch durch das Kellergewölbe des Lagerhauses. Die Polizisten hatten mehrere Holzkisten aufgerissen. Säuberlich verpackt und gut gefettet glänzten schwarzbrünierte Militärgewehre, zerlegte MGs und Maschinenpistolen. Die Gefangenen standen mit erhobenen Händen in Reih und Glied. Ein Polizist nahm ihnen die Masken ab. Pommery aber hatte die Miene eines Jägers aufgesetzt. Mit vorgeneigtem Kopf steuerte er eine Eisentür in der Nähe des Schachtes an, durch den der Anführer entkommen war.

Er stieß sie auf und hob seine Pistole. Er schaute in einen Verschlag, in dem sich ein Matratzenlager befand. Am Boden hockte ein kräftiger, breitschultriger Mann mit kantigem Schädel, eckigem Kinn und kurzgeschorenem rötlichem Haar. Er trug einen Verband um die Stirn und einen am linken Arm. Trotzig blickte er Pommery entgegen.

„Mr. Cavin O'Flaherty, wenn ich mich nicht irre?" Pommery fixierte den anderen scharf und entdeckte ein wenig Lippenstift auf seiner rechten Wange. „Der Held der irischen Untergrundarmee und einer der Führer der Bruderschaft der Raben. Sie waren es, der in jener nebligen Nacht in die Themse gestürzt ist, nicht wahr? Sie haben sich an Land retten können. Diesmal wollten Sie erneut versuchen, nach Irland zu gelangen – mit Waffen und neuen Leuten."

„Ich sage nichts." O'Flahertys Gesicht war voller Haß.

„Brauchen Sie nicht. Ich weiß ohnehin genug. War das ein Abschiedskuß?" Er deutete auf den Lippenstiftrest auf O'Flahertys Wange. Der Rebell schwieg. Sergeant Daven trat heran. Er sagte: „Sie werden staunen, wer sich unter den Gefangenen befindet." Pommery drehte sich um und sah die hagere, adlergesichtige Gestalt des stellvertretenden Hafendirektors Benjamin Hart. Er trug das Halstuch der Raben.

„Ich wußte, daß ein wichtiger Mann im Hafen dafür gesorgt haben mußte, daß wir O'Flaherty nicht gefunden haben", sagte Pommery. „Kommen Sie, Daven, wir haben keine Zeit zu verlieren, sonst entgeht uns der ‚Rabe' doch noch."

„Sie wissen, wer der ‚Rabe' ist?" Daven hastete hinter Pommery her. Pommery antwortete: „Natürlich. Ich denke, Sie haben Edgar Wallace gelesen? Wir dürfen nicht vergessen, die Hafenpolizei zu benachrichtigen."

Es war Mitternacht, als Inspektor Pommery die „Captains Inn" betrat. Es herrschte kaum noch Betrieb. In einer Ecke waren zwei betrunkene Seeleute eingeschlafen.

Bess Tully stand hinter der Theke. Sie wirkte an diesem Abend noch häßlicher als sonst, aber sie bemühte sich um ein freundliches Lächeln.

„Oh, der Inspektor", flötete sie. „So spät noch unterwegs? Immer im Dienst, wie? Ein Bier gefällig?"

„Warum nicht, Mrs. Tully." Ihr entging Pommerys lauernder Blick. „Die letzten Tage waren sehr turbulent. Das schöne Halstuch ist mir gestohlen worden, und jemand hat auf mich geschossen."

„Wie aufregend. Polizist zu sein, ist ein unsicherer Beruf."

„Manchmal hat man auch Glück. Ich habe eine Menge anderer Tücher gefunden." Pommery zog ein Bündel schwarzgrün karierter Tücher mit eingestickten roten Raben aus der Tasche. Mrs. Tullys Gesicht blieb unbewegt. Er fragte: „Haben Sie jemals ‚Das Gasthaus an der Themse' gelesen?"

Sie schüttelte den Kopf. Er fuhr fort: „Dort ist ein Hafenpub Zentrale eines Verbrecherrings."

„Sie lesen zuviele Kriminalromane, Inspektor. Im Leben geht es anders zu."

„Manchmal geschehen im Leben Dinge, die in keinem Roman geschildert werden könnten.“

Pommery beugte sich wie zufällig über die Theke, als wolle er sich bequemer auf den Barhocker setzen, und faßte nach dem grauen Haarknoten von Bess Tully. Sie hatte sich zum Gehen gewandt und zuckte jetzt zusammen. Unwillkürlich beugte sie sich nach vorn. Pommery hielt auf einmal eine graue Perücke in der Hand. Darunter quoll feuerrotes Haar hervor. Bess Tully stieß einen Schrei aus, während Pommery mit unglaublicher Gewandtheit um die Theke glitt. Er hielt sie an der Schulter fest und rieb ihr mit dem angefeuchteten Zeigefinger über die Wange. Die ungesunde, fahle Gesichtsfarbe löste sich auf. Darunter zeigte sich eine normale, glatte Haut.

„Sie haben Ihre Rolle sehr gut gespielt, Mrs. Tully“, sagte Pommery. „Alle haben ihre Rollen sehr gut gespielt. Den meisten Mitgliedern der Bruderschaft der Raben hat man ihr harmloses Auftreten abgenommen. So wie Mr. Benjamin Hart oder wie Moses Larne. Sie waren bei dem Bankraub dabei, Mrs. Tully, nicht wahr? Ihr rotes Haar ist gesehen worden. Es ist genauso rot wie das Haar – Ihres Bruders Cavin O’Flaherty. Ich habe die standesamtlichen Eintragungen überprüft. Sie und Ihr Mann sind in Coleraine, Irland, geboren. Sie sind seit fünf Jahren in London. Erst seit Ihrer Hochzeit mit Roy Tully haben Sie Ihre Verwandschaft mit Cavin O’Flaherty verheimlichen können. Ihre äußere Ähnlichkeit mit ihm und Ihr irisches Aussehen haben Sie weggeschminkt. Wir haben Ihren Bruder festgenommen, Bess Tully!“

„Ihr stinkenden Engländer werdet uns niemals besiegen!" schrie sie. Sie stieß Pommery zur Seite und stürmte auf eine Tür zu. Pommery schob eine Trillerpfeife in den Mund und ließ ein grelles Signal ertönen. Dann rannte er hinter Bess Tully her. Sie hatte inzwischen die Kellertreppe erreicht, floh hinunter und eilte durch einen Gang. An einer Brettertür holte Pommery sie ein und hielt sie fest.

Inzwischen waren mehrere Polizisten in die „Captains Inn" gestürzt. Sie nahmen Bess Tully in Empfang. „Sofort die Polizeiboote heran!" befahl Pommery. „Alles umstellen!" Er nickte Sergeant Daven zu, der ebenfalls in den Keller stieg: „Kommen Sie, Sergeant!"

Hinter der Tür begann eine lange Treppe. Pommery und Daven hasteten hinunter. Die Wände waren feucht, es roch nach Moder. Aber da war noch ein anderer, den Männern wohlbekannter Geruch: Der Gestank des verdreckten Themsewassers. Es mußte einen direkten Weg zu einem der Docks geben.

„Ist Roy Tully der Anführer der ‚Raben'?" fragte Daven. Pommery antwortete nicht.

Die Treppe machte einen Knick. Wenig später standen die Männer auf einer Plattform oberhalb eines leeren Lagerkellers. Ihnen gegenüber befand sich eine Galerie, die von einem schwarzen Vorhang umgeben war, auf den ein roter Rabe eingestickt war.

„Der ‚Rabe'!" keuchte Sergeant Daven. In diesem Moment hallten entsetzliche Hilfeschreie durch das feuchte Gewölbe.

„Neben der Galerie!“ rief Pommery. Er hatte seine Dienstpistole gezückt und deutete auf die Tür neben dem schwarzen Vorhang. Von dort her kamen die schrillen, gellenden Schreie.

„Stehenbleiben!“ klang es in diesem Moment unter dem Vorhang hervor. Eine blecherne, scheppernde, metallische Stimme: „Keinen Schritt weiter!“

Pommery setzte sich in Bewegung und schritt furchtlos über einen alten Aufgang einer Verladerampe zur Galerie hinüber. Daven folgte.

„Noch einen Schritt, und ihr werdet sterben!“ drohte die unmenschliche Stimme. „Die Geduld des ‚Raben‘ geht zu Ende!“

Ein Schuß krachte. Ein Loch klaffte plötzlich im Vorhang. Pommery spürte den Luftzug der Kugel und stürzte sich nach vorn. Er riß den Vorhang herunter. Ein Megaphon mit einer stimmverzerrenden Spezialmembran wurde sichtbar. Dahinter stand die schlanke, geschmeidige Gestalt – von Jenny Brown. Ihr Gesicht wirkte weder mädchenhaft-unschuldig noch verstört, sondern hart und kalt. Sie trug eine enganliegende schwarze Hose und einen hochgeschlossenen schwarzen Pullover. Sie hielt einen Armee-Revolver in der Rechten.

„Weg mit der Waffe!“ befahl Pommery. Er trat auf sie zu. Sie hob den Revolver und wollte schießen, aber Pommery schlug blitzschnell zu. Die Waffe polterte zu Boden.

„Du hattest die beste Tarnung von allen“, sagte Pommery. „Es hat lange gedauert, bis ich dich durchschaut hatte. Du hattest veranlaßt, mich nicht sofort zu töten, als ich das

Halstuch gefunden hatte, sondern mir das Tuch nur zu stehlen. Als wir uns damals in der Regent Street trafen, hattest du den Taschendieb beauftragt und Larne bereitgestellt. Du bist Jenny O'Flaherty, die Tochter Cavin O'Flahertys. Bess Tully ist deine Tante. Aber in Abwesenheit deines Vaters hast du die Führung der ‚Raben' übernommen. Du warst vorhin in dem alten Lagerschuppen und bist in letzter Minute entkommen."

Sie warf trotzig den Kopf in den Nacken. Pommery erkannte sie kaum wieder. Ihre Unterwürfigkeit, ihre Unbefangenheit, die Naivität, die sie früher jedem vorgespielt hatte, waren perfekt gewesen. Aber jetzt zeigte sie ihr wahres Gesicht: Eine reife, fanatische junge Frau mit hartem Willen und großer Entschlußkraft.

Wieder ertönte ein grauenvoller Schrei aus dem Raum neben der Galerie. Auf Pommerys Wink hin rannte Daven darauf zu und schlug die Tür ein.

„Moses Larne!" rief er aus dem Raum. „Er ist gefesselt. Da läuft jemand weg . . ."

„Das ist Roy Tully", erwiderte Pommery. Ein Bootsmotor wurde unter dem Keller angeworfen. „Die Polizeibarkassen werden ihn abfangen. Kümmere dich um Larne."

„Ein Verräter", zischte Jenny. „Ihr habt ihm das Leben gerettet."

Pommery schüttelte traurig den Kopf. Er sagte: „Du hättest doch besser in einem Büro arbeiten sollen."

„Ich hätte sofort Ihren Tod anordnen sollen, als Sie das Halstuch fanden", sagte sie. „Aber ich mochte Sie, und ich habe Sie lange Zeit nicht ganz ernst genommen."

„Diesen Fehler haben schon andere gemacht." Pommery schaute Jenny nach, als sie von zwei Beamten der Hafenpolizei abgeführt wurde. Roy Tully war auf dem Strom gefaßt worden. Daven brachte den verschreckten, verängstigten Moses Larne.

„Woher haben Sie gewußt, daß Jenny O'Flahertys Tochter und nicht seine Frau war?" fragte Daven. „Woher haben Sie überhaupt gewußt, daß sie vorhin im Lagerschuppen war, und daß sie der ‚Rabe' war?"

„Ihr Lippenstift, Daven", antwortete Pommery. „Als ich einmal Gast im ‚Captains Inn' war, hat sie ihn mir selbst gezeigt. Ich habe ihr damals davon abgeraten. Sie hätte auf mich hören sollen, das hätte es mir sehr viel schwerer gemacht." Pommery schlug den Kragen des Trenchcoat hoch. Er ging durch den feuchten, kalten Keller. „Ich habe den Lippenstift sofort in O'Flahertys Gesicht erkannt. Er hatte ihn auf der Wange, Daven. Eine verheiratete Frau küßt ihren Mann zum Abschied auf den Mund. Jenny mußte seine Tochter sein."

Sie traten auf die Straße hinaus. Schaulustige hatten sich angesammelt. Pommery sah Jenny zum letzten Mal. Sie saß in einem Polizeiwagen, der in hoher Geschwindigkeit in Richtung City fuhr.

Das Rätsel wird gelöst

„Nur ein Mitglied einer der führenden Rebellenfamilien Irlands kam als Anführer der Bruderschaft der Raben in

Frage", erklärte Inspektor Pommery in seinem kleinen Büro. Er schlürfte seinen Tee, während Sergeant Daven respektvoll lauschte. Draußen regnete es.

„Mir war schon lange klar, daß die Führung der Bruderschaft in der Nähe der ‚Captains Inn' zu suchen war und daß die Tullys dazugehörten. Die Ähnlichkeiten mit den Fällen ‚Der Frosch mit der Maske' und ‚Das Gasthaus an der Themse' waren zu offensichtlich. Trotzdem hätte ich nichts beweisen können, wenn die ‚Raben' nicht versucht hätten, mir ihr Erkennungszeichen, das Halstuch, wieder abzunehmen. Als sie mich durch Moses Larne umbringen lassen wollten und Larne den Namen O'Flaherty nannte, war alles nicht mehr so schwierig. Ich habe mich informiert, daß O'Flaherty – der einer der gesuchtesten Männer der irischen Untergrundarmee ist – eine weitverzweigte Familie hat. Mir war klar, daß, wenn ein Mann vom Kaliber O'Flahertys in London ist, nur Mitglieder seiner Familie als Führer der ‚Raben' in Frage kommen.

Ich erinnerte mich an die zahlreichen Verwandlungen des ‚Hexers' von Edgar Wallace. Er hat beschrieben, wie groß die Möglichkeiten für einen geschickten Menschen sind, sich erfolgreich zu maskieren. Ein Verbrecher, der mit solchen Tricks arbeitet, ist besonders erfolgreich, je harmloser er sich darstellt. Das Schlimme mit den Menschen – auch mit uns Polizisten – ist, Daven, daß wir glauben, einen Verbrecher schon an seinem Aussehen erkennen zu können. Das ist ein Vorurteil, das tief in jedem Menschen steckt. In jedem Fall wurde mein Verdacht gegen die Tullys stärker. Ich versuchte, ihre Meldepapiere zu bekommen und erfuhr, daß sie vor fünf Jahren aus Irland eingewandert sind. Ich ließ mir über unsere Verwaltung in Irland die standesamtlichen Papiere kommen und stellte fest, daß der Geburtsname von Bess Tully O'Flaherty gewesen war. Nun fehlte nur noch Klarheit über Jenny: Ein unschuldiges, liebes Mädchen, das gar nicht in diese Hafenkaschemme paßte. Über sie gab es keine Unterlagen. Sie schien wirklich ein Waisenkind zu sein, das in den Tullys Pflegeeltern gefunden hatte."

Pommery klopfte auf zwei dicke Wallace-Bücher und fuhr fort: „Gerade das aber machte mich stutzig. Das sprach, gemäß den Methoden von Wallace, für eine besonders raffinierte Maskerade. Außerdem war für mich klar: Wenn die Tullys zur Familie der O'Flahertys gehörten, mußte Jenny auch dazugehören. Diese irische Rebellengemeinschaft läßt keinen Fremden in der unmittelbaren Nähe ihrer Führung zu. Das wäre viel zu gefährlich.

Aber ich gebe zu: Obwohl eine Menge dafür sprach, daß Jenny, dieses harmlose Mädchen, in Wahrheit die treibende Kraft war, habe ich zunächst Bess Tully, als Schwester O'Flahertys, für die Führerin gehalten. Erst als ich O'Flaherty vor mir hatte und den Lippenstift auf seiner Wange sah, nachdem vorher eine recht schlanke, geschmeidige Gestalt aus dem Lagerschuppen geflüchtet war, wußte ich, wer der ‚Rabe' war. Bess Tully ist zwar jünger, als sie in der bisherigen Verkleidung aussah, aber schlank ist sie gerade nicht. Inzwischen haben wir es ja amtlich, daß Jenny O'Flahertys Tochter ist. Ihre Mutter ist vor drei Jahren gestorben. Seitdem lebt sie in London und ist von ihrem Vater systematisch zur Führungsperson der Bruderschaft der ‚Raben' aufgebaut worden. Keiner der Mitglieder des Geheimbundes hat das geahnt. Sie werden es jetzt wohl aus den Zeitungen erfahren, wenn Jenny vor Gericht gestellt wird."

„Was wird nun aus dem Geheimbund, Sir?" fragte Sergeant Daven.

„Die Führung haben wir zerschlagen. Die Waffenlieferungen nach Irland haben wir gestoppt. Natürlich werden wir nie an alle Mitglieder herankommen, aber es wird den ‚Raben' schwerfallen, eine Führung neu aufzubauen, die das Format der O'Flaherty-Familie hat. Dennoch: Die Jagd geht weiter."

„Vielleicht hilft uns das dabei, Sir." Daven packte ein Buch aus und legte es vor Ebenezer Pommery auf den Schreibtisch. „Das möchte ich Ihnen schenken."

„Die toten Augen von London", las Pommery. „Von Edgar Wallace."

„Soeben erschienen, Sir", sagte Daven. „Ich habe auch angefangen zu lesen. Wirklich interessant, Sir. Vergleichbare Fälle beschäftigen uns oft, und die Lösungen, die er findet . . . Wirklich interessant. Daraus kann man Anregungen schöpfen."

„Sie machen sich, Sergeant Daven", murmelte Pommery. Er schlug das Buch auf und begann zu lesen. Er vergaß die Bruderschaft der Raben, er vergaß Sergeant Daven, der leise das Büro verließ. Er las, bis es dunkel wurde . . .

Ende des zweiten Buches

CIP-Kurztitelaufnahme der Deutschen Bibliothek

Gilmoor, John:
Edgar Wallace löst das Rätsel,
John Gilmoor. – Menden: Kibu.
2. Das irische Halstuch. – 1983
ISBN 3 88101 701 1

5750 Menden 2 / Sauerland
Einbandgestaltung
Werner Ahrens und Rainer Willingstorfer
Printed in Germany